LISA HUBER

Ein Fastentuch / Lenten Veil

Stephansdom Wien / Vienna

14. 2. – 8. 4. 2018

LISA HUBER

Geboren 1959 in Villach
Lebt in Berlin, Wien und Villach.
Kunstgewerbeschule Graz
Bildhauerei bei Prof. Pillhofer, Graz
Universität für angewandte Kunst, Wien
Zahlreiche internationale Ausstellungen und Beteiligungen.

Zyklen nach biblischen Themen und der christlichen Überlieferung stehen im Mittelpunkt ihres Schaffens. Seit 2007 Auseinandersetzung mit den Psalmen in der Übersetzung von Buber Rosenzweig in Holz- und Papierschnitten, Kirchenfenstern und großformatigen bestickten Tüchern (u.a. Fastentuch in Klagenfurter Dom, 2017 und Stephansdom, Wien 2018).

www.lisahuber.de

DAS BUCH ZUM FASTENTUCH erhältlich:

Pfarrkanzlei im Curhaus, St. Stephan
Stephansplatz 3

Domshop der Domkirche
St. Stephan zu Wien

56 Seiten, Hartband
zahlr. Farbabb.
ISBN: 978-3-85415-554-6
€ 20,–
Ritter Verlag
www.ritterbooks.com

Fotos:
Bernd Borchardt
Mark Duran
Verein unser Stephansdom / Romana Gruber

Grafik:
Mark Duran

Übersetzung:
Monica Bloxam

Ganz herzlichen Dank an:

Dompfarre St. Stephan

Domkapitel

Kirchenmeisteramt

DOMBAUHÜTTE

Lisa Huber · Davids Harfe

LISA HUBER

Davids Harfe

EIN FASTENTUCH

2018

RITTER VERLAG

DR. ALOIS SCHWARZ, DIÖZESANBISCHOF

LEBEN VOR DEM TOD

Wer immer auf das große Kunstwerk des Fastentuches von Lisa Huber schaut, wird mit seinen Augen viele Details suchen. Durch die große Kraft der künstlerischen Ausdrucksweise wird das Geheimnisvolle und Unfassbare angedeutet und ins Bild gebracht. Es löst Fragen und lässt uns das Leben mit seinen Tiefen und Hintergründen wahrnehmen. Die Künstlerin sucht die große Frage des Lebens mit dem Tod ins Bild zu bringen und uns über biblische Motive und Bilder mit Gott zu verbinden.

Dieses Kunstwerk ist als Fastentuch gedacht. Es soll in den Kirchen vom Aschermittwoch bis Ostern den Hauptaltar verhüllen und eine neue Nachdenklichkeit bei den Besuchern der Kirche auslösen.

Fastentücher wollen in den Wochen vor Ostern zu einem tieferen Verstehen des Todes und der Auferstehung Jesu Christi hinführen. Hat sich ihre äußere Form im Laufe der Jahrhunderte verändert, die Botschaft ist dieselbe geblieben: Fastentücher verweisen auf das Handeln Gottes in der Geschichte. In Kärnten haben wir Zeugnisse aus rund sechs Jahrhunderten.

Wenn mit dem Beginn der Fastenzeit in unseren Kirchen die Blicke der Besucher auf die Fastentücher gerichtet werden, dann vermitteln sie immer eine besondere Botschaft.

Die Liturgie der Fastenzeit, die in der Kirche auch Österliche Bußzeit heißt, beginnt mit einem Gottesdienst, bei dem Asche gesegnet wird. Diese wird dann den Gläubigen auf das Haupt gestreut und dabei wird dem einzelnen gesagt: „Bedenke, dass du Staub bist und wieder zum Staub zurückkehrst." Dem Menschen wird die Radikalität des Sterbens vor Augen geführt und ihm deutlich gemacht, neu auf das Leben vor dem Tod zu schauen. Wie gestaltet der Mensch sein Leben, wenn der Tod unausweichlich ist?

Zu diesen großen Themen der kirchlichen Liturgie entwickelt die bildende Künstlerin Lisa Huber ein Bildprogramm zu einem Psalm aus der altbundlichen Bibel.

Psalmen sind Gebete, Lieder und Texte bei Volksfesten und bei Gottesdiensten im Tempel. Psalmen sind Klagen in der Verzweiflung und Schreie des Protestes gegen die Gewalt der Herrschenden, aber auch mystische Lyrik und Liebeslieder von unterschiedlichen Verfassern in verschiedenen Zeitepochen; manche am Land mit dem Atem bäuerlicher Herkunft; manche mit der Sprache einer Stadtkultur. Sie sind, wie Erich Zenger schreibt, höchst plan- und kunstvoll zusammengestellt, „teilweise durch kleine Bearbeitungen so zusammengestellt und teilweise durch kleine Bearbeitungen so miteinander verklammert, dass programmatische Kompositionen entstanden sind."[1]

---

1 Erich Zenger: Ich will die Morgenröte wecken. Psalmenauslegungen. Freiburg – Basel – Wien 1991, 13.

Für Jesus war das Psalmenbuch sein Betrachtungs- und Gebetbuch. Für das Volk war es so etwas wie ein „Lebensbuch". So ist es wirklich sehr treffend, wenn ein Psalm, also ein Stück aus dem Lebensbuch des Volkes Gottes, zum Programm des Fastentuches für das Volk Gottes von heute wird.

Psalmen sind „verdichtetes Leben" oder wie Nelly Sachs in ihrem 1949 veröffentlichten Gedichtband „Sternenverdunkelung" schreibt „Nachtherbergen für die Wegwunden". Sie widmet David ein Gedicht, in dem es heißt:

„Aber im Mannesjahr
maß er, ein Vater der Dichter,
in Verzweiflung
die Entfernung zu Gott aus,
und baute der Psalmen Nachtherbergen
für die Wegwunden."[2]

Der alttestamentliche Mensch hat gerne und mit Freude gelebt, weil er daran dachte, dass für ihn alles auf das Leben vor dem Tod ankam. Erich Zenger hat darauf aufmerksam gemacht, dass die Frage der Menschen folgende war: „Gibt es ein Leben vor dem Tod?"[3] Das war die entscheidende Frage, denn an ein Leben nach dem Tod hatte der Mensch damals nicht geglaubt. Der Tod als eine so große bestimmende Macht gesehen, als das unausweichlich bestimmende Ende der menschlichen Existenz, dem niemand entkommen konnte und die auch Gott nicht aufheben konnte. „Je radikaler das Sterben als Versinken und als Ende gedacht wurde, desto leidenschaftlicher wurde das Leben gelebt und gestaltet. Das Bedenken des Todes führte nicht vom Leben weg, sondern zu Leben hin", so beschreibt Erich Zenger die „dialektische Eigenart alttestamentlicher Todestheologie".[4]

Beim Lesen der Bibel merken wir, dass es sehr lange dauerte, bis Israel, das Volk Gottes, das Sterben nicht mehr als ein Hinausfallen aus dem Machtbereich Gottes sah und die Begegnung mit Gott als eine noch intensivere Begegnung zu begreifen begann. Das war ein langes Ringen, ein Tasten nach sprachlichen Bildern. Immer wenn der Mensch vom Tod spricht, verschlägt es ihm die Sprache, und er wird in ein Geheimnis eingeführt, das einen nie endenden Diskurs auslöst. So geht es auch mit dem, von Lisa Huber gewählten Psalm 90. Er ist ein „Volksklagepsalm", überschrieben mit den Worten: „Ein Gebet. Von Mose, dem Mann Gottes".

Um das bildnerische Gesamtkunstwerk zu verstehen, soll jetzt das literarische Kunstwerk des biblischen Textes (Psalm 90) ein wenig dargestellt werden, auf das sich die Bildwelt der Künstlerin Lisa Huber bezieht. Zur Verdeutlichung wird der Text des Psalm 90[5] mit einigen weiter einführenden Hinweisen angefügt, zur biblischen Einstimmung für die Betrachtung und Begegnung mit den Bildern des Fastentuches.

2 Nelly Sachs: Fahrt ins Staublose. Frankfurt am Main 1961, 104

3 Erich Zenger: Ich will die Morgenröte wecken. Psalmenauslegungen. Freiburg – Basel – Wien 1991, 204.

4 Ebd. 205.

5 Text nach der Einheitsübersetzung, Stuttgart: KBW, 1. Aufl. 1979.

1 [Ein Gebet des Mose, des Mannes Gottes.]

Herr, du warst unsere Zuflucht von Geschlecht zu Geschlecht.

2 Ehe die Berge geboren wurden, / die Erde entstand und das Weltall, bist du, o Gott, von Ewigkeit zu Ewigkeit.

3 Du lässt die Menschen zurückkehren zum Staub und sprichst: «Kommt wieder, ihr Menschen!»

4 Denn tausend Jahre sind für dich / wie der Tag, der gestern vergangen ist, wie eine Wache in der Nacht.

5 Von Jahr zu Jahr säst du die Menschen aus; sie gleichen dem sprossenden Gras.

6 Am Morgen grünt es und blüht, am Abend wird es geschnitten und welkt.

7 Denn wir vergehen durch deinen Zorn, werden vernichtet durch deinen Grimm.

8 Du hast uns're Sünden vor dich hingestellt, unsere geheime Schuld in das Licht deines Angesichts.

9 Denn all uns're Tage gehn hin unter deinem Zorn, wir beenden unsere Jahre wie einen Seufzer.

10 Unser Leben währt siebzig Jahre, und wenn es hoch kommt, sind es achtzig. Das Beste daran ist nur Mühsal und Beschwer, rasch geht es vorbei, wir fliegen dahin.

11 Wer kennt die Gewalt deines Zornes und fürchtet sich vor deinem Grimm?

12 Uns're Tage zu zählen, lehre uns! Dann gewinnen wir ein weises Herz.

13 Herr, wende dich uns doch endlich zu!
Hab Mitleid mit deinen Knechten!

14 Sättige uns am Morgen mit deiner Huld! Dann wollen wir jubeln und uns freuen all unsre Tage.

15 Erfreue uns so viele Tage, wie du uns gebeugt hast, so viele Jahre, wie wir Unglück erlitten.

16 Zeig deinen Knechten deine Taten und ihren Kindern deine erhabene Macht!

17 Es komme über uns die Güte des Herrn, unsres Gottes. / Lass das Werk unsrer Hände gedeihen, ja, lass gedeihen das Werk unsrer Hände!

Zur aufmerksamen, d. h. auch liebevollen Betrachtung gehört zunächst ein ehrfürchtiges, d. h. *furchtlos vertrauendes* Zugehen. Dazu bedarf es der schöpferischen Distanz, die wechselseitige Anerkennung[6] und Begegnung vorbereitet und schafft. Der Psalm verwendet ungewöhnliche Sprachbilder. Nach der Anrede Gottes wird Gott als Urheber des Todes der Menschen angeklagt (V. 2-6). Der zweite Teil (V. 7-10) bringt eine klagende Notschilderung und hält Gott vor, „dass ein derart vom Tod bedrohtes Leben alle Lebensfreude verhindert und das Leben zur Lebenslast macht".[7] Dann überwindet der Psalm zunehmend die ernüchternde Erörterung menschlicher Lebensumstände und vorgeprägter Gottesvorstellungen und führt in der Zuversicht eines „weisen Herzens" dann ab Vers 13 zu Gott selbst: mit der Bitte um Zuwendung Gottes und Erbarmen, in der Hoffnung auf die Erfahrung einer befreienden Begegnung mit Gott (Vers 14 ff.).

6 Ricœur, Paul [1913-2005]: Wege der Anerkennung. Erkennen, Wiedererkennen, Anerkanntsein. Aus dem Französischen von Ulrike Bokelmann und Barbara Heber-Schärer. 1. Aufl. Frankfurt am Main: Suhrkamp, 2006.

7 Zenger,Erich: Ich will die Morgenröte wecken. Freiburg 1991, 209f.

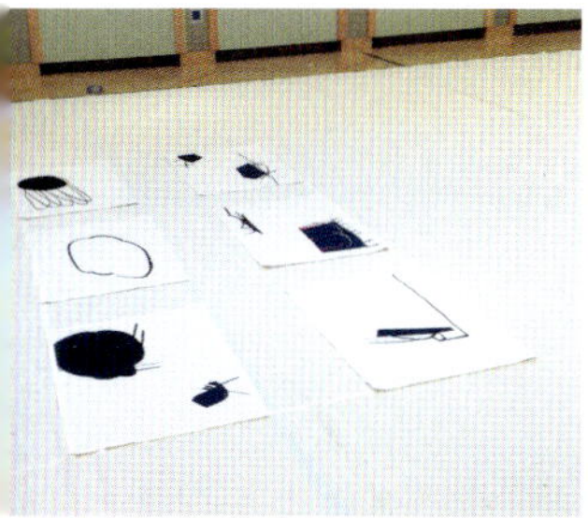

Der Psalm ist wie ein Flügelaltar: Die am Mittelpfeiler hängenden Flügel V 3-10 und V 13-16 sind der Rahmen für das Zentrum der Verse 11-12.

In den einzelnen Bildelementen des Fastentuches sind abstrakte schwarze Scherenschnitte sticktechnisch künstlerisch umgesetzt.

Wollte man nun hingehen und die einzelnen Verse des Psalms 90 jeweils einem dieser einzelnen Bildelemente oberflächlich „zuordnen", so könnte man einer Art „naturalistischem Fehlschluss" und einem sinnverstellenden hermeneutisches Missverständnis erliegen. Die einzelnen Bildelemente lassen sich nicht einfach mit dem Text „digital-eindimensional" verbinden. Sie sind „Symbole, die zu denken geben". Wie die Wahrnehmung des Psalmtextes einer Lese- und Hörgeduld bedarf, so bedürfen die Bilder des Fastentuches auch einer Sehgeduld. Eine direkte, einlinige, digitale Auffassung würde dem Text und den Bildern nicht begegnen können, sondern – mit Martin Buber gesprochen – eher zu einer *Ver-gegnung*[8] führen.

Es bedarf stattdessen eines „analogen Erfassens: durch alle, noch so großen Ähnlichkeiten (der Bilder oder Gleichnisse oder Begriffe) hindurch in die je immer größere Unähnlichkeit (eines jeweiligen ‚Ganz Anders')"[9].

Dieses analoge Wahrnehmen und Verstehen schützen Text und Bild und auch die aufmerksam Betenden und Betrachtenden vor Vereinnahmung, Verzweckung und irgendwelchen (philosophischen, psychologischen oder theologischen) Ableitungen. Im analogen Wahrnehmen, Denken und Verstehen offenbart sich – mit dem Philosophen und Theologen Erich Przywara gesprochen – „letzter objektiver Rhythmus im Sein und letzter subjektiver Rhythmus im Denken"[10].

So wie die ersten Verse von Psalm 90 können auch die Bilder des Fastentuches zunächst verstören, aufwecken aus dem Gewohnten und Gewöhnlichen und befreien zur Hoffnung und Zuversicht.

So ist auch das vorliegende Fastentuch der bildenden Künstlerin Lisa Huber „unterlegt" mit der biblischen Signatur des Alpha (A) und des Omega (Ω), in Verbindung mit dem biblischen Wort aus der Geheimen Offenbarung des Johannes: „Ich bin das Alpha und das Omega" (Offb 1,8; Offb 21,6 b; Offb 22,13). Das erinnert auch an 1 Kor 3,11: „Denn einen anderen Grund kann niemand legen als den, der gelegt ist: Jesus Christus". Er ist die „Grundlage", das Fundament.

8 Buber, Martin [1878 – 1965]. Vgl.: in: „Begegnung und »Vergegnung« prägten seine Lehre"; DIE ZEIT; Nr: 33, 05.08.2004, ZEIT ONLINE, http://www.zeit.de/2004/33/Spielen_2fTratschke_33?page=1 (abgefragt: 10.02.2015.)

9 Przywara, Erich [1889 – 1972]: Artikel „Analogia entis (Analogie), II., in: LThK, 2. Aufl., I. Band, Freiburg im Breisgau: Herder, 1957, Sp. 472.

10 Ebd. Zur aktuellen Neuentdeckung der Analogie vgl.: Hofstadter, Douglas/ Sander, Emmanuel: Die Analogie. Das Herz des Denkens. Aus dem Amerikanischen [Original, 2013] von Susanne Held. Stuttgart: Cotta'sche Buchhandlung, 2014, Lizenzausgabe: Darmstadt: Wissenschaftliche Buchgesellschaft.

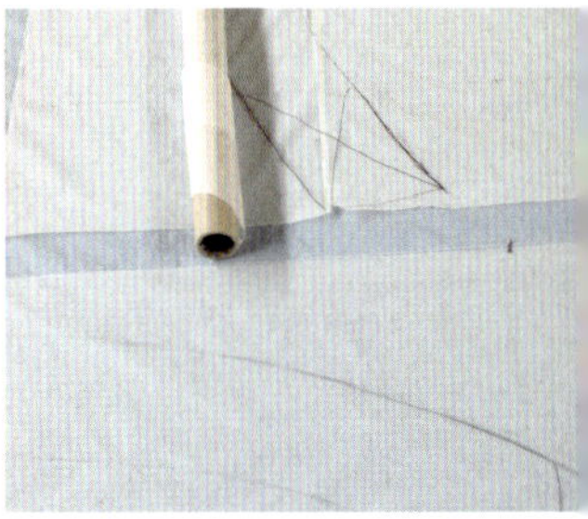

Die „Schönheit"[11] der christlichen Fastentücher offenbart sich also darin, dass sie innerlich und äußerlich mit dem Leben Jesu Christi verbunden sind. Das erinnert an den Kirchenliedvers: *„Alle die Schönheit / Himmels und der Erden / ist gefasst in dir allein"*[12]. Die religiöse und spirituelle Wahrheit der Fastentücher, sowohl der altehrwürdig-historischen wie auch der von zeitgenössischer Kunst geschaffenen, ist wie ein Edelstein gefasst, welcher im Lichte Jesu Christi leuchtet und vielfältige Bedeutung (Sinn und Verheißung) gibt.

Mit dieser *GRUNDLAGE* ist auch der *RAHMEN* dieses Fastentuches verbunden.

Drei große Gestalten des Ersten Testaments (AT) säumen oder zieren nicht oberflächlich das Gesamtwerk, sondern erschließen in besonderer Weise wie „Portalfiguren" dessen Sinn und Bedeutung. Alle drei sind in christlicher typologischer Auslegungstradition der Bibel „Typen", vorausgehende prophetische und hinweisende Gestalten *für* Jesus Christus.

ABRAHAM, der vom wahren, offenbaren Gott durch einen Engel von der Opferung seines Sohnes ISAAK abgehalten wird (Gen 22,1ff.), weil der glaubwürdige Gott und Herr Israels ein Gott des Lebens ist und weil damit auch die Verheißung auf die Erfüllung in Jesus Christus offen gehalten wird.

JAKOB, der mit einem Engel den Kampf um sein wahres Leben und Segen für alle zu bestehen hat (Gen 32,23 ff.) und so zum Weiter-Träger der Verheißung Gottes wird.

DAVID mit der Zither (vgl. 1 Sam 16,18 ff. u.a.), der als großer König in Israel und Juda immer wieder erfährt, wie er als großer Sünder auf Gottes Gnade und Erbarmen angewiesen ist, und der als großer Künstler Gott in Wort (Psalmen) und Tat (Musik) verkündet hat.

David, der in der biblischen Tradition auch als profilierter Psalmendichter angesehen wird, bildet dann die Brücke zum *INHALT* des Fastentuches, das die Künstlerin dem Psalm 90 „gewidmet" hat. Im Psalm 90 wird nach biblischer Tradition ein „Gebet des Mose" überliefert.

Mit dankbaren und guten Wünschen sei auch das neue Fastentuch der Künstlerin und ihr weiteres Schaffen in die abschließende Bitte des Psalms 90,17 aufgenommen: „Lass das Werk unsrer Hände gedeihen, ja, lass gedeihen das Werk unsrer Hände!"

Klagenfurt am Wörthersee, im September 2016

---

11 Vgl. dazu ausführlicher: Balthasar, Hans Urs von: *Herrlichkeit. Eine theologische Ästhetik.* 3 Bände. Einsiedeln: Johannes Verlag, 1961–1969. Nach Hans Urs von Balthasar tritt dieser „Glanz der Schönheit" in den „gelichteten Gestalten der Wirklichkeit" hervor.

12 Vgl. das bekannte Kirchenlied: „Schönster Herr Jesu" (T. Münster 1677, Melodie: Breslau/Schlesien, 1842) , in: Gotteslob 1975, Nr. 551; -- Gotteslob[neu] 2013, Nr. 364.

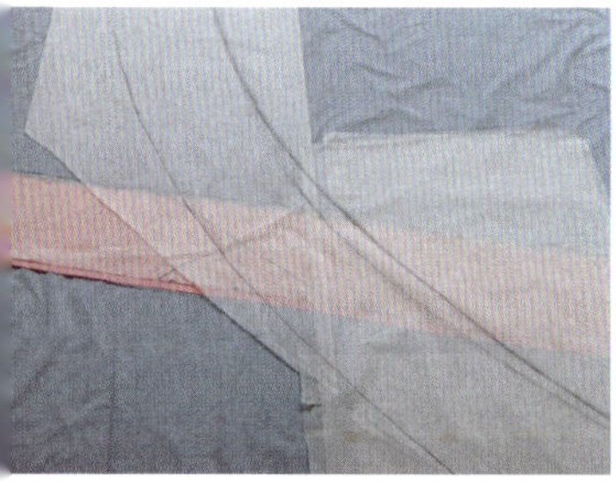

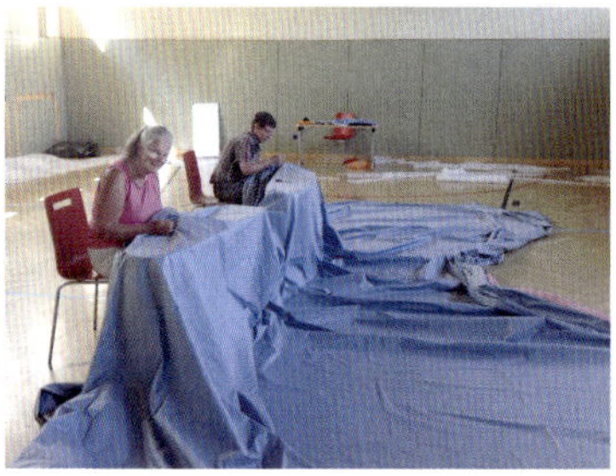
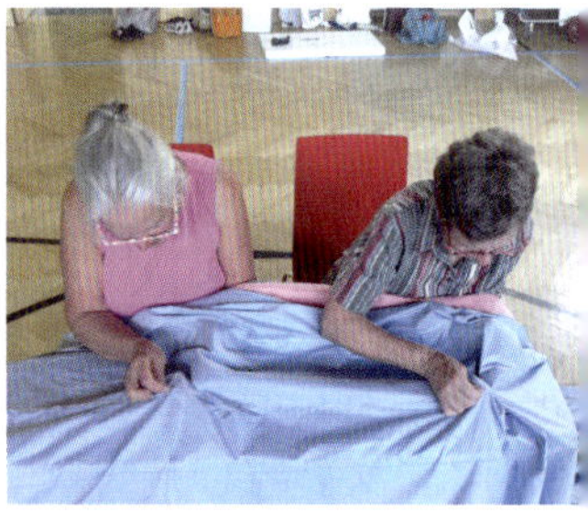

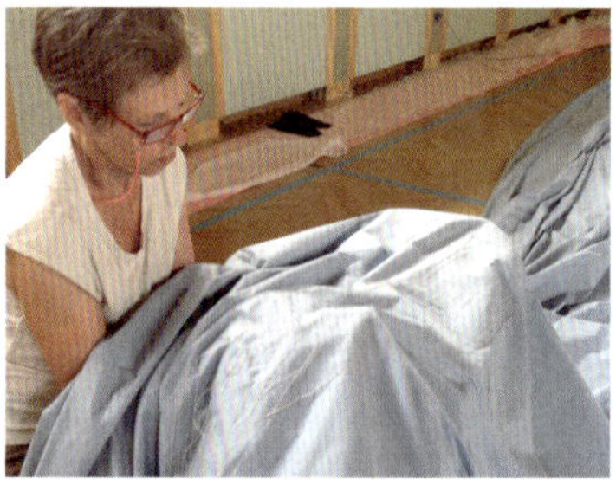

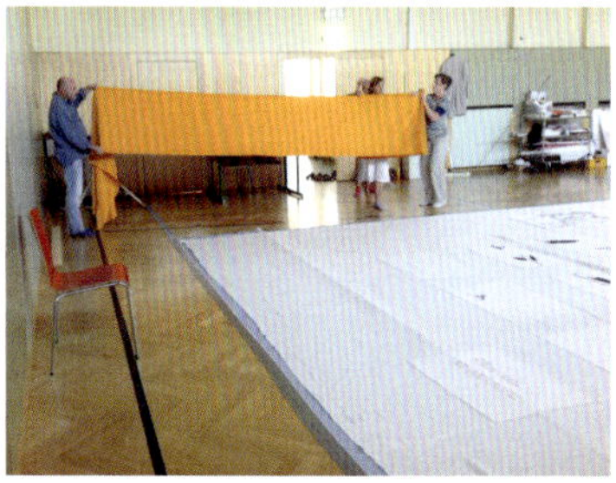
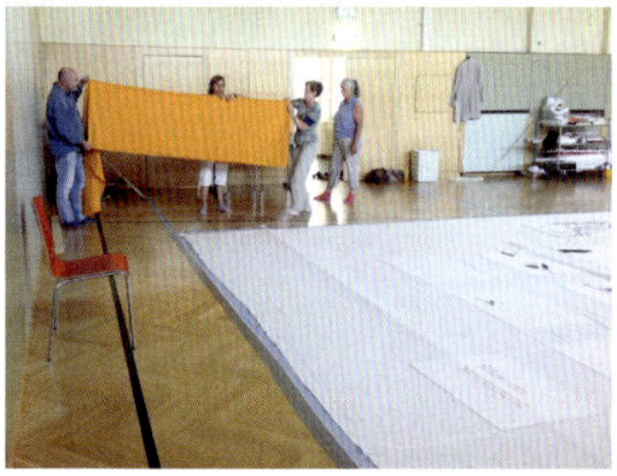
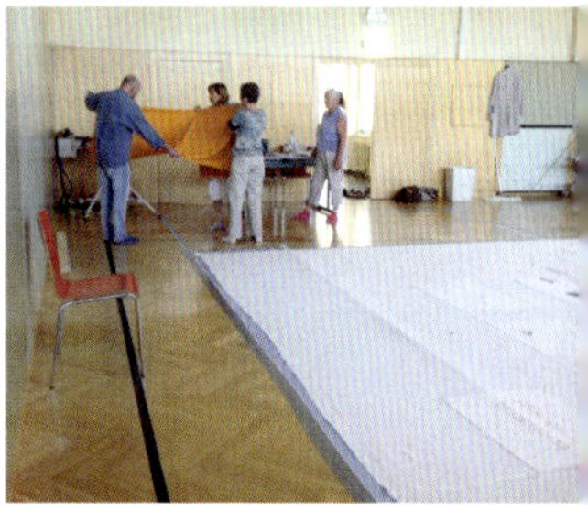

CHRISTINE WETZLINGER-GRUNDNIG, DIR. MMKK*

Lisa Huber / Fastentuch 2012–2016

Die Beschäftigung mit der historischen Thematik des Fastentuches prägt seit vielen Jahren die künstlerische Arbeit von Lisa Huber. Dem aktuellen Werk geht ein kleinerer „Prototyp" aus dem Jahr 2013 voraus, der sich in der Schatzkammer des Stiftes Klosterneuburg befindet. Und im Jahr 1999 hat die Künstlerin bereits ein großes Tuch (mit den Maßen von 600 x 500 cm) in einer bemerkenswerten Druckvariante der Holzschnitttechnik, die die Künstlerin auf geniale Weise in ein überdimensionales Format übertragen hat, gefertigt. Dabei hat Lisa Huber auf einen traditionellen, seit dem Mittelalter gängigen Typus, der vor allem auch im alpenländischen Bereich, in Tirol, Kärnten und der Steiermark gebräuchlich war, zurückgegriffen. In einem geometrischen System findet sich, typologisch geordnet, eine Abfolge von 27 Einzelbildern, die sich auf Ereignisse des Alten Testamentes und deren Gegenbilder im Neuen Testament bezieht. Dieses rektanguläre Schema greift die Künstlerin – in etwas modifizierter Weise – auch für das vorliegende Tuch wieder auf, das nun noch größer als sein Vorgänger ausfällt und 1340 x 640 cm misst.

33 rechtwinkelige Felder (entsprechend dem Lebensalter Jesu), deren Darstellungen auf die poetisch-religiösen Texte der Gebete Moses des Psalm 90 im Vierten Buch der Psalmen im Alten Testament referieren, sind in eine Ordnung von jeweils drei nebeneinander stehenden Bildern in elf horizontalen Reihen strukturiert. Dieses zentrale Muster ist von drei fragmentarisch zitierten, in ihren Konturen bloß angedeuteten, schwerelosen, lebensgroßen, manuell gestickten Gestalten umfangen, getragen von alttestamentarischen Königen: links David (selbst Psalmendichter, mit der Harfe) und Abraham (mit Isaak, als Wurzel aller Verheißung), auf der rechten Seite Jakob (mit dem Engel ringend, als Erbe der Verheißung). Formatfüllend unterlegt sind die bildlichen Darstellungen aus der Heiligen Schrift von den zwei monumental ausgeführten Schriftzeichen „Alpha" und „Omega", die formal und inhaltlich alles zusammenschließen, die Anfang und Ende markieren und als allumfassende Symbole zu lesen und zu rezipieren sind. Insbesondere stehen sie für Christus selbst, dem „Schöpfer" und „Vollender", auf dem alles begründet liegt. David, Abraham und Jakob – die formal mit der Kreisform des „Omega" (die ebenfalls symbolisch gemeint ist) und miteinander verbunden sind, einen Kosmos bilden – sind typologisch als seine Vorläufer zu verstehen, die prophetisch auf ihn verweisen. Sie sind das Fundament und der Rahmen der Heilsgeschichte, hier der Gebete Moses.

Dieses dichte bildnerische Konzept wurde – über die Dauer von drei Jahren hinweg und mit vielen helfenden Händen – in textilen Techniken, größtenteils in Handarbeit, wie ehedem Klosterarbeiten bzw. auch klassische Fastentücher in Nadelmalerei, materiell umgesetzt.

*Museum Moderner Kunst Kärnten

Die einzelnen Darstellungen sind mit der Maschine auf linnene Stofffelder gestickt, die wiederum auf langen, aneinander liegenden, cremefarbenen Leinen-Bahnen manuell aufgenäht sind, welche durch ihre spezifische Größe die orthogonale Grundstruktur der Arbeit vorgeben. Durch diese beiden oberen Lagen, die eine visuelle Ebene ergeben, schimmern die griechischen Schriftzeichen in rosa Baumwollstoff durch, wiederum hinterlegt von einem Inlett-Stoff in hellblauer Farbe. Den Abschluss zum Boden hin bildet geraffte, zarte, blau-graue Seide, die das Element des Wassers symbolisiert und auf das Sakrament der Taufe hinweist. Zugleich verbindet sie das schwebende Tuch mit dem Kirchenboden, mit dem Kirchenraum und stellt den Konnex zur Gemeinde der Gläubigen her, beispielhaft und real; ebenso wie der rote, gestickte Linien-Raster der vordersten optischen Ebene, der die einzelnen rechteckigen Bildfelder voneinander scheidet. Die Fäden von zwei der vier Vertikallinien laufen nach unten bis auf den Fußboden aus, wo sie als Garn-Häufchen gleichsam Lachen bilden, die das Blut Christi, der für die Menschheit gestorben ist, versinnbildlichen. Der Seidenstoff vermittelt andererseits den diffusen Eindruck liegenden Nebels, aus dem das Tuch quasi empor steigt. Goldene Fäden am linken und rechten äußeren Rand des Fastentuches leiten, wie Richtungspfeile, den Blick nach oben, Richtung Kirchenkuppel und weiter darüber hinaus, strahlen bis in den Himmel sozusagen; streben auf, wie die drei alttestamentarischen Könige, die, wie auch das „Omega", in die Höhe zu gleiten scheinen.

Am unteren rechten Rand des Tuches (am Ort der Signatur eines Kunstwerkes) gibt ein zusätzliches Rechteckfeld einen Text wieder, gestickt in rotem Faden, der Teilsätze des Beginns und des Endes des Psalm 90 rezitiert, Worte, die die Zuflucht bei Gott ansprechen und die ersuchen „... das Werk unserer Hände wolltest du [Gott] fördern!", gewissermaßen als Bitte um Segnung des eigenen Tuns der Künstlerin.

Nichts ist von Lisa Huber beliebig gewählt. Zahlen, Zeichen- und Materialsprache sowie Farb- und Formgebung haben tiefen Verweischarakter. Die komplexe Komposition ist stringent angelegt, alles hängt mit allem zusammen, nichts ist dem Zufall überlassen, weder inhaltlich, formal noch konkret materiell. Sogar die Rückseite des Velums ist in das bildnerische Konzept miteinbezogen. Daraus ergibt sich die einzigartige Besonderheit, dass das

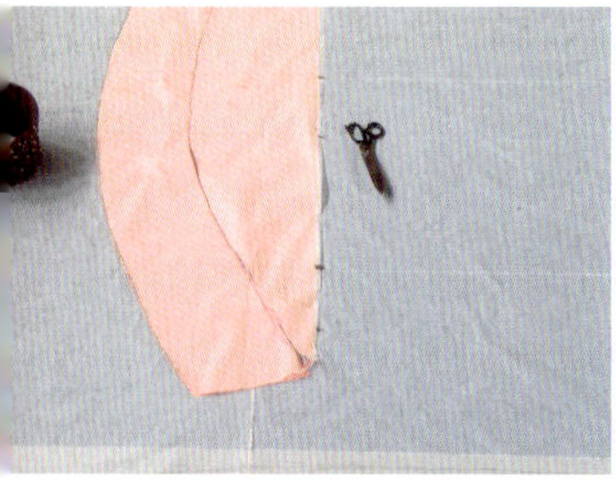

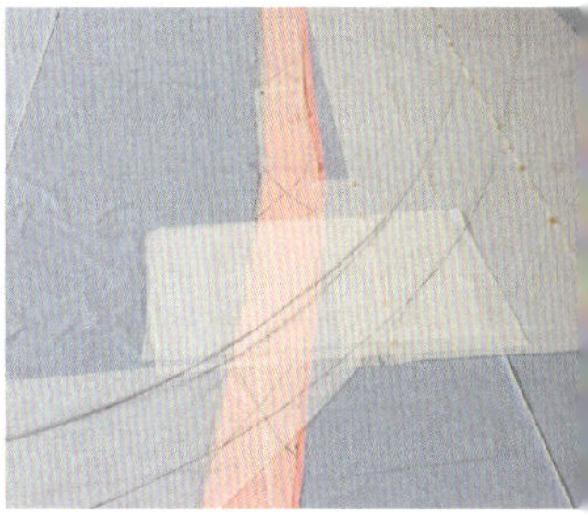
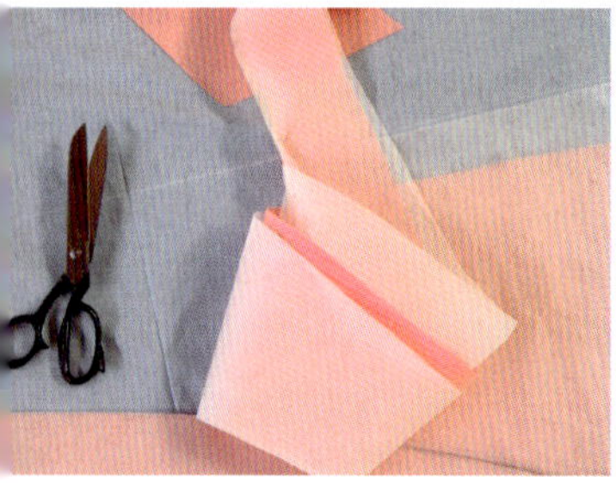

Fastentuch gewendet werden kann und ebenso die Versoseite zum liturgischen Gebrauch zur Verfügung steht. Sie soll nach Ende der Buß- und Betzeit, der die Rectoseite gewidmet ist, in der Osterzeit den Altarraum schmücken.

Die Kehrseite zeigt zuvorderst die beschriebene hellblaue Stofflage, die den Himmel, den Kosmos, die Unendlichkeit symbolisiert. Das „Alpha" tritt neben dem verhältnismäßig schwächer wahrnehmbaren „Omega" (im Gegensatz zur Frontseite) nun deutlich hervor. Von der Figur des „Alpha" hängen silberne Fäden in den Raum, die Reinheit, göttliche Erkenntnis und Harmonie suggerieren. Im Alten Testament verheißt die Farbe Silber Erlösung. Alles deutet auf die Botschaft der österlichen Zeit, auf den Triumph der Auferstehung – Gott ist der Messias und ewiges Leben für jene, die an ihn glauben.

Die Bilder der Vorderseite, die in der Fastenzeit zu sehen sind, sind von äußerster Zurücknahme gekennzeichnet. In einer reduktiven, abstrakten Formensprache werden die Inhalte der literarischen Psalmen in minimalistische, evokative Darstellungen übertragen. Lisa Huber wählt zu jedem Satz assoziativ ein Motiv und dieses durchläuft einen formalen Abstraktionsprozess, in dem auch die Farbe weitestgehend eliminiert wird. Die Sujets werden zu einer persönlichen Zeichenschrift stilisiert, die wie eine moderne Emblematik funktioniert.

Flache, nicht näher bestimmte Räume, begrenzte Ausschnitte, fragmentarische Motive, fokussiert auf ihre aussagekräftigen Merkmale, prägnante Formen, klar umrissen und in sich wenig differenziert und eine expressive Ausdrucksstärke sind von jeher Charakteristika der Werke von Lisa Huber, bedingt nicht zuletzt durch die besonderen Techniken von Holz-, Messer- und Papierschnitt, mit denen die Künstlerin bevorzugt arbeitet und von denen sich auch das lineare Gepräge und die markante Betonung der Kontur ableiten, die auch hier feststellbar sind.

Die Minimalisierung der bildlichen Konstruktion auf wenige, elementare, sinnbildliche Formen und die farbliche Beschränkung auf die Töne Schwarz, Grau und Weiß wird von Lisa Huber als allererstes in ihren Papierschnitt-Arbeiten vollzogen, in denen die Künstlerin filigrane Zeichen aus schwarzen Bögen schneidet und diese, wie klassische Scherenschnitte, illusionistisch und schattenwirksam vor den hellen Grund stellt.

Nun, in den liturgischen Tüchern, werden ebensolche schwarzen Kürzel samt ihren Schlagschatten in Grau, die den Figuren Plastizität verleihen, maschinell auf weißen Stoff gestickt. Zu einer Abfolge, Bild an Bild gestellt, schließen sie sich in einer grafischen Reihe und inhaltlich zu einer Einheit zusammen.

Die Gehalte der biblischen Psalmen erzeugen in der Vorstellung der Künstlerin Bilder, die in selektiven Bruchstücken, isoliert und schemenhaft, bildnerisch übersetzt werden. Auf diese Weise entstehen vereinfachte grafische Ausführungen, Piktogramme und Grafismen, die zwischen Bild und Schrift angesiedelt sind, Vorläufer einer ausformulierten Schrift. Durch die serielle Anordnung im Raster werden sie als Schriftzeichen wahrgenommen, die wie die abstrakten Zeichen und Bilder einer Hieroglyphenschrift gedanklich verbunden und gelesen werden können.

Das Ornamentale, das bereits in den Holz- und Papierschnitten von Lisa Huber grundgelegt ist, tritt hier ob des höheren Abstraktionsgrades noch stärker hervor, die symbolische Funktion ist aufgrund des mehr und mehr verschwindenden illustrativen, veranschaulichenden Vermögens noch konkreter evident.

Um die Inhalte zugänglich zu machen, reicht nun nicht mehr die Kenntnis der schriftlichen Quelle im Allgemeinen. Die Darstellungen sind ohne konkrete Hinweise nicht mehr unmittelbar dechiffrierbar. Andererseits ist dies nicht unbedingt notwendig, um das Werk zu begreifen. Es soll evokativ wirken und die Betrachtenden sind zu Ergänzung und Auslegung aufgerufen.

Durch den hohen Grad an Abstraktion wird das Werk auf eine allgemein gültige Ebene gehoben. Es ist in seiner Aussage nicht konkret festgelegt, es bleibt ein weiter Spielraum für Interpretation. So will es auch die Künstlerin verstanden wissen, die alle Religionen, alle Menschen mit einschließen möchte. Das Alte Testament, das bewusst als Basis für das Werk herangezogen wird, ist nicht nur Grundlage des christlichen Glaubens, sondern auch des Judentums und des Islams. Alle drei bauen auf dem Abrahamitischen Monotheismus auf. Abraham, den Lisa Huber auch prominent anführt, gilt als Stammvater aller drei Religionen.

Lisa Huber arbeitet nicht mit den üblichen Bildern der Heilsgeschichte, mit ihren Typen und Antitypen aus Altem und Neuem Testament, sondern wendet sich aus gutem Grund dem Stoff der Psalmen Moses zu. In ihnen findet sie die Gebete, die in ihren Themen von Klage, Lob und Hoffnung grundlegend Menschliches ausdrücken. Vieles ist offen gelassen. Gesichert sind nur Anfang und Ende, „Alpha" und „Omega", und eine Dynamik, ein Streben nach oben, nach Wahrheit und Erkenntnis, alles andere erscheint ungreifbar und ephemer.

Lisa Huber begegnet in ihrer Arbeit auf technischer und inhaltlicher Ebene einer kunstgeschichtlichen Tradition großer Vorbilder, der sie mit neuen, frischen Ideen, Erfindungen und Bildfindungen begegnet. Die christliche Ikonografie hat über Jahrhunderte die abendländische Kunst bestimmt. Heute sind diese Inhalte und ihre Bilder, ihre Typen und Symbole, beinahe gänzlich aus dem allgemeinen Bewusstsein aber auch aus dem künstlerischen Denken und Arbeiten verschwunden.

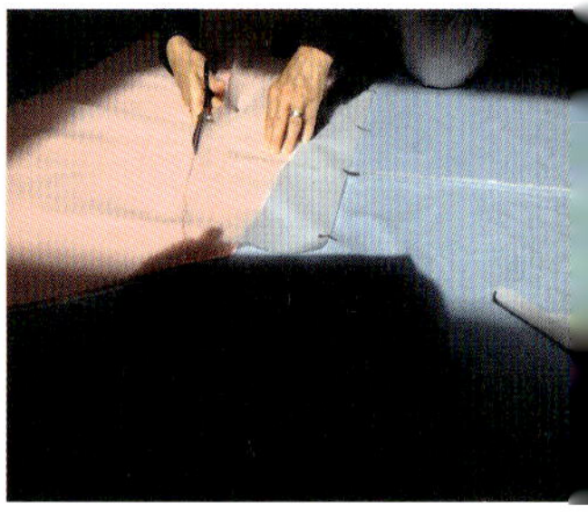

Die bildende Kunst bezieht ihre Gegenstände aus weltlichen Zusammenhängen, die die Ausrichtung einer diesseitigen, materiell orientierten Gesellschaft spiegeln.

Lisa Huber gelingt es, historische Texte und Glaubensinhalte mit gegenwärtig brisanten Fragestellungen zu verbinden. Sie nähert sich indirekt den aktuellen Sachverhalten an, indem sie auf philosophisch-theologische Weise generelle Fragen des menschlichen Seins und Handelns ergründet, die sie wiederum zu den zeitgenössischen Problemstellungen des modernen Lebens zurückführen. In der Vermittlung der Gehalte geht die Künstlerin über eine herkömmliche, darstellerische Übersetzungsleistung hinaus, indem sie nicht einfach auf einen vorformulierten Bilderschatz bzw. auf vorgeprägte Urbilder zurückgreift und indem sie nicht in der bloßen bildlich-narrativen Wiedergabe verharrt. Die Künstlerin erfindet neue, moderne Typen und Muster und entwickelt eine originäre visuelle Diktion mit individuellen Kürzeln, die innerhalb ihres Schaffens immer wieder neu dekliniert werden. Diese verbindet sie zu einer erzählenden Bildsprache mit subjektiver, zeitgenössischer Symbolik, die religiöse (und andere) Inhalte lesbar macht, ohne den historischen Code der christlichen Ikonografie zwingend anzuwenden.

Die formalen Spezifika Lisa Hubers, das Fragmentarische, die stilistische Reduktion bis auf das Signifikante, das Zeichenhafte, das Serielle, entsprechen unseren modernen Bildwelten und Wahrnehmungsgewohnheiten. Die Inhalte sind allgemein interpretativ und assoziativ entschlüsselbar.

Die hohe Qualität der handwerklichen Ausführung, der empfindsame Blick auf die Dinge, die Liebe zur eigenen Arbeit und das außerordentliche Engagement, der mühselige, rituell-erschöpfende, geradezu meditative, körperliche Einsatz der Künstlerin, hat zu einem beeindruckenden und ergreifenden Resultat geführt, einem Werk, das in idealer Weise vermag, die religiösen Inhalte in einer Sprache zu formulieren, die einer modernen, zeitgenössischen Gesellschaft entspricht.

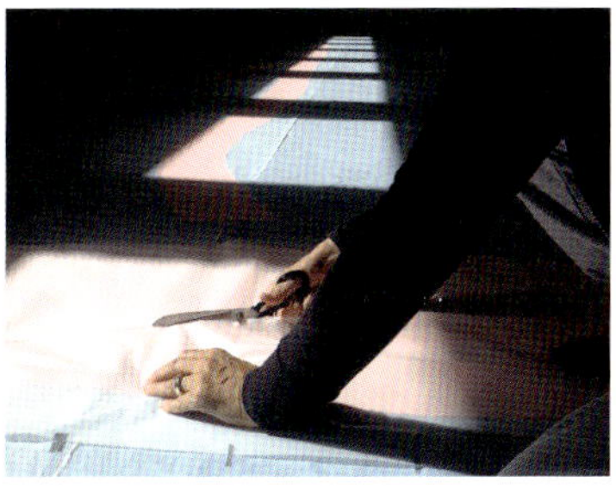

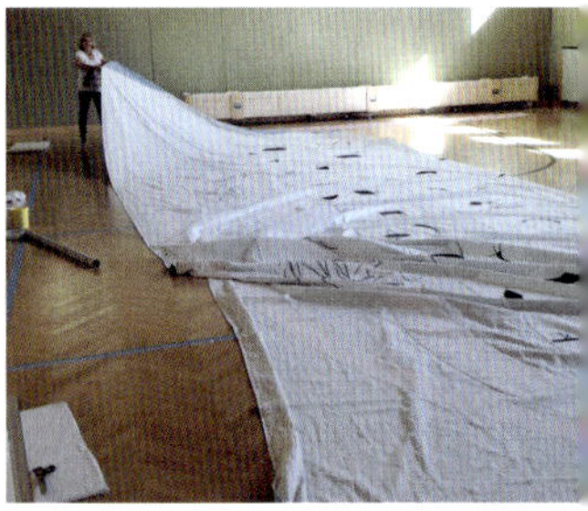

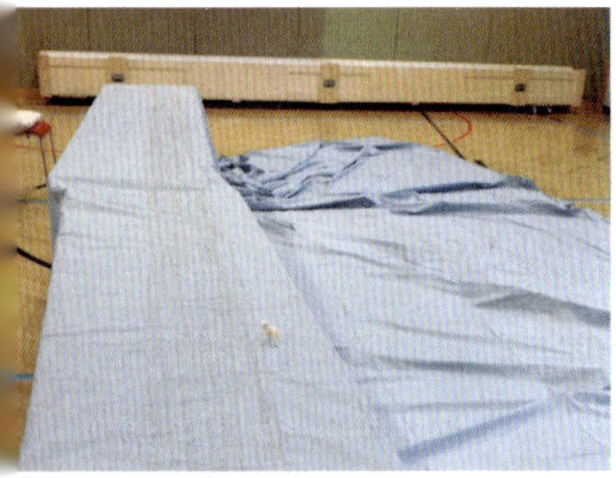

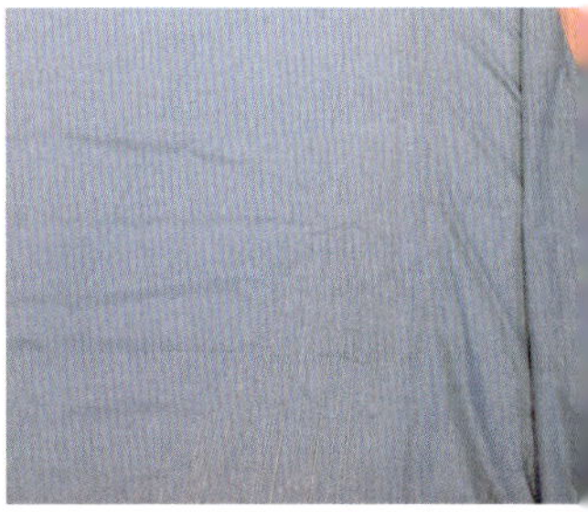

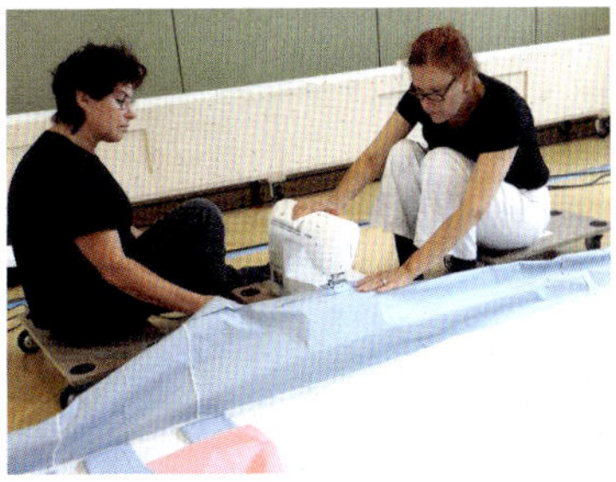

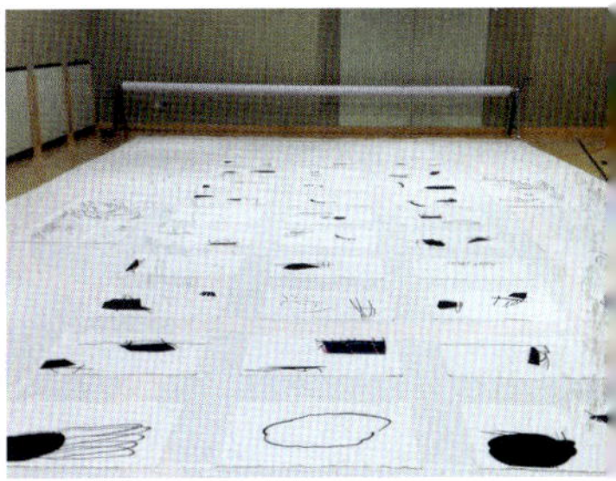

DR. PETER ALLMAIER, DOMPFARRER ZU KLAGENFURT

Unsere Tage zu zählen, lehre uns

„Die Linien des Lebens sind verschieden,
Wie Wege sind, und wie der Berge Grenzen.
Was hier wir sind, kann dort ein Gott ergänzen
mit Harmonien und ewigem Lohn und Frieden."

Im Jahr 1812 hat der vom Tübinger Klinikum als unheilbar krank entlassene Friedrich Hölderlin (1770 – 1843) der Familie seines Quartiergebers Ernst Zimmer diese Zeilen gewidmet. Der Dichter, der laut klinischem Gutachten zu diesem Zeitpunkt schon gar nicht mehr hätte leben sollen, war zu geregelter Erwerbsarbeit nicht fähig. Seinem Vermieter gegenüber rechtfertigte er sich – oder wollte er eher die Arbeit Ernst Zimmers rechtfertigen, der für das Philosophieren zu wenig Zeit fand? – mit den unterschiedlichen Lebensläufen, die nicht wertend zu vergleichen sind. Denn sie alle sind unvollendet und warten, von einem Gott in eine Form hinein vollendet zu werden, die erstmals ein Qualitätsurteil zulassen. Das Leben eines Menschen ist immer nur Anfang. Die Gestalt, die sich am Ende durch Vollendung in Gott ergibt, ist hier nur in Andeutungen erahnbar.

Wie unvollendete Linien muten auch die grafischen Zeichen Lisa Hubers an, die enigmatisch auf einen größeren Zusammenhang verweisen, indem sie als Pars pro toto um die Ganzheit wissen, ohne dieses Ganze zu kennen. Die Grafiken erinnern an Zitate, an den Eingangsvers eines großen Gedichtes, das aber noch nicht fertig geschrieben ist. Und dennoch ist jede einzelne Abbildung eine in sich geschlossene und vollendete Einheit. Jedes Bild ist wie die Schriftzeichen einer noch nicht ganz erschlossenen Sprache, so dass die Bedeutung anfanghaft erahnt, aber noch nicht genau gewusst wird. Der klare Raster, der mit mathematischer Genauigkeit jeder Abbildung ihren Platz zuweist, verstärkt diesen Eindruck der Unschärfe. Die formale Konzentration auf den rahmenden Rand eröffnet jenen Raum, in dem die Bedeutung hervortreten kann. Doch eindeutig sind nur unbedeutende Ränder, das Eigentliche entzieht sich dem Begreifen.

Beim Beten beobachten

Die wesentliche Bedeutung, die sich jeder Eindeutigkeit entzieht, die aber als veranschaulichter Inhalt präsentiert werden soll, bezieht ihre Inspiration aus dem 90. Psalm des Ersten Testaments. Dort tritt Moses – im Gegensatz zu den anderen Psalmen, die gewöhnlich als Dichtung König Davids angesehen werden – seinem Schöpfer und Herrn als Betender gegenüber. Ein Gebet ist jedoch eine sehr persönliche und geradezu intime Rede. Hier will kein bestimmter Inhalt vermittelt werden. Da wird auch keinem Gott gegenüber die Raffinesse der eigenen

Gedanken oder die Wortgewalt der persönlichen Sprache präsentiert. Im Gegenteil, der betende Mensch tritt ungeschützt vor Gott, er kann sich hinter keiner Maske verbergen. Er versucht das auch gar nicht, sondern platzt sofort mit der Tür ins Haus und breitet vor dem Ewigen seine Not aus. Wir als Leserinnen und Leser des Psalms sind unbemerkte Zuschauer, die niemand zu diesem intimen Dialog eingeladen hat. Wir schauen und hören zu, wie jene charismatische Gestalt, die das Volk Israel aus der Knechtschaft Ägyptens herausgeführt hat, mit ihrem Gott spricht. Wir hören zu, wie jener Mensch, der nach biblischem Zeugnis als einziger Gott von Angesicht zu Angesicht geschaut hat und der die Existenz Gottes nicht glaubt, sondern um sie weiß, in seiner gottverlassenen Verzweiflung das Wort erhebt. Jener, der die machtvollen Taten Gottes selbst erlebt hat, bringt seine persönliche Not vor Gott, die zugleich die Not der Menschheit ist: Was bedeutet schon das Leben, wenn es unweigerlich auf den Tod zugeht?

Das Gebet, das in den Mund Moses gelegt wird, ist pseudepigraphisch zu verstehen. Gewiss hat der wohl größte aller Propheten, der bereits als Säugling im schwimmenden Korb auf dem Nil um die übermächtige Gefährdung des Lebens aber noch mehr um die rettende Hand Gottes wusste, diese Worte nicht selbst in den Mund genommen. Doch der Abstand zwischen menschlicher Erfahrung und göttlicher Verheißung könnte größer nicht sein als bei ihm. Niemand anderer als Mose kann die Flüchtigkeit und Nichtigkeit menschlichen Lebens klarer vor Augen haben. Denn er ist ein Mann Gottes und Gesprächspartner des Allmächtigen, und es fällt auch ihm schwer, am Abend seines Lebens daraus Trost zu ziehen. Das Schicksal seines Lebens offenbart das Dilemma der menschlichen Existenz: er vollbringt große Werke und seines Namens wird man gedenken, so lange es Menschen gibt, doch er wird den Jordan nicht überschreiten, er wird selbst nicht in jenes Land kommen, das ihm verheißen worden ist.

Wenn das intime Gebet des 90. Psalms in den Mund Mose gelegt wird, dann ist das eher als Lese- und Verstehenshilfe zu begreifen. Denn für keinen der Nachgeborenen ist die göttliche Verheißung so lebensprägend, dass die Differenz zur realen Alltagserfahrung schmerzhafter sein könnte. Doch genau um die Wahrnehmung dieser Differenz geht es, dessen Schmerz nicht durch Alltagsspaß und –arbeit verdeckt wird. „Wer sagt, es gebe Gott nicht, und nicht dazusagen kann, dass er fehlt, und wie er fehlt, der hat keine Ahnung. Einer Ahnung allerdings bedarf es"[1]. Die Worte Martin Walsers lesen sich wie eine Übersetzung des Jahrtausende alten Textes. Für keinen noch so gläubigen Menschen ist die Sehnsucht nach Gott so stark, als dass er nicht ständig mit der Versuchung kämpft, sich mit der irdischen Existenz zu bescheiden. Die pseudepigraphische Zuschreibung versteht sich als Identifikationsangebot. Der Mensch, der ursprünglich das intime Gebet des Gottesmannes nur heimlich belauscht hat, versetzt sich selbst in dessen Lage und spürt den Schmerz der Gottferne. Und dennoch versetzt er sich auch in die Lage dessen, der gegen jede menschliche Erfahrung der Verheißung

1 Martin Walser, Über Rechtfertigung, eine Versuchung, Rowohlt Verlag 2012, 33.

Gottes traut, die ihm zusagt, dass das Werk seiner Hände Bestand haben wird. Über dieses Identifikationsangebot wird Moses, der am Berg Horeb die Zehn Gebote Gottes auf Steintafeln geschrieben und seinem Volk überbracht hat, auch für den Menschen einer späteren Generation zum Überbringer des Gesetzes. Er übergibt mit seinem Gebet nicht mehr eine einzuhaltende Vorschrift, sondern spurt einen Weg der Gotteszuwendung. Er führt wie einst das Volk nun jeden Menschen aus seiner aktuellen Gegenwart heraus und lässt ihn wenigstens in das gelobte Land blicken, das zu betreten ihm vorerst verwehrt ist. Er rührt den Menschen in seiner Lebensangst an, alles, wofür er so viel Energie aufgewendet hat, sei letztlich vergebene Liebesmüh. Die Frage nach jener Energieaufwendung, die nicht einfach sang- und klanglos vergeht, wird nicht als glaubensschwach getadelt, sondern mit Moses hat jeder in seinem Zweifel einen guten Fürsprecher wie auch Wegweiser. Doch der Reihe nach.

Das Obdach der Obdachlosen

Die ersten Verse des Psalms greifen die Erfahrung der 40-jährigen Wüstenwanderung auf, in der das Volk im Haus Gottes – unter dem Dach des Himmels – Quartier gefunden hat. Die Erfahrung der Obdachlosigkeit war aber auch die Erfahrung der intensiven Gottesvertrautheit. Die Menschen haben dabei die Erfahrung der Beständigkeit gemacht. Denn während die Paläste der Könige bestenfalls noch als Ruinen erhalten sind, ist das Haus Gottes noch immer intakt. Dieses schützende Dach, das Gott während der Wüstenwanderung über seinem Volk gehalten hat, wird niemals vergehen. Dieses Bewusstsein wird wie ein Rahmen um das ganze Gebet gelegt. Denn wenn der 1. Vers mit der Anrufung der „adonaj maon" (Gottes Wohnung) einsetzt, so wird dieser Begriff im letzten Vers doppelt gespiegelt: die Gottesanrede „adonaj" wird nachgestellt, so dass alles menschliche Leben vom Anfang bis zum Ende wie von den bergenden Händen Gottes umfangen begriffen wird. Und der Begriff „maon" wird rückwärts als „noam" geschrieben, was dann die Huld oder das Glück von Gott her bezeichnet. Das ganze menschliche Leben wird damit wie unter der Klammer Gottes verstanden. Doch umschließt diese nicht einen eng beschränkten Bereich, sondern öffnet eine Perspektive, die in diesem Leben mit dem bergenden Obdach Gottes beginnt und schließlich in die Freude Gottes führt. Doch dazwischen ist ein Weg, auf dem diese Gewissheit verloren gehen kann.

Als ob ein Gott zürnte

Das menschliche Leben ist immer eingespannt in den Bogen von Werden und Vergehen. Diese Zeit ist eine begrenzte und vergeht rasch. Der abwärts verlaufende Lebensbogen geht unweigerlich und offenkundig der Nulllinie zu. Im Gegensatz dazu steht die Ewigkeit Gottes, der in der unbegrenzten Vergangenheit wie in der unbeschränkten Zukunft immer zeitlos gegenwärtig ist. Aus diesem Grund ist er zeitgleich mit jeder Generation, und die Menschen heben ihre Hände zu allen Zeiten ihm entgegen. Sie suchen, sich aus dem alles verschlingenden Fluss der Zeit zu retten, indem sie sich am Ewigen festhalten. Denn von der irdischen Perspektive aus gesehen ist das menschliche Werden und Vergehen

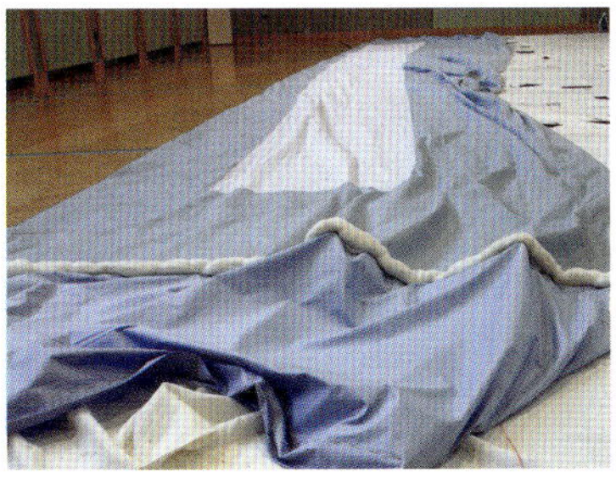
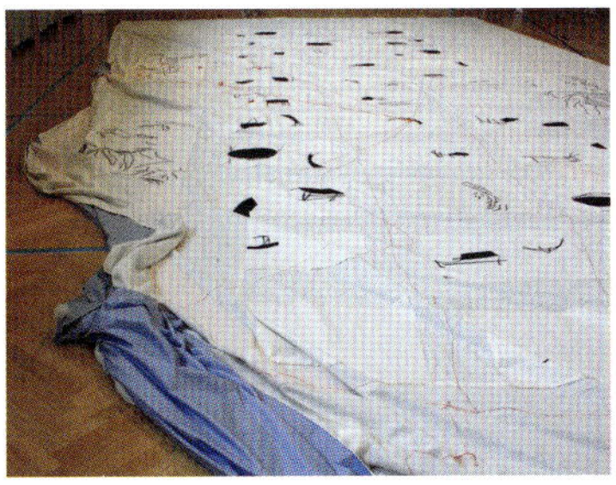
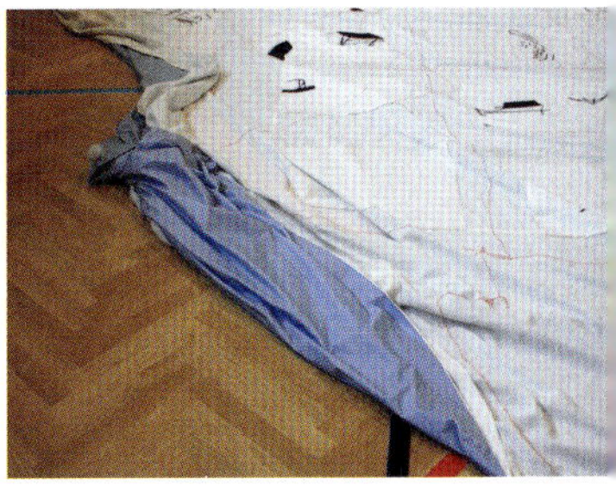

vollkommen unbedeutend. So bedeutungslos es ist, dass eine Pflanze wächst und dann von irgendjemandem unbeachtet zertreten wird, so unbedeutend ist auch die zufällige Existenz wie das Vergehen eines Menschen. Die Natur empfindet weder Freude für einen Menschen noch trägt sie Trauer bei dessen Tod. Deshalb kann der Psalmist auch sagen: „Von Jahr zu Jahr säst du die Menschen aus; sie gleichen dem sprossenden Gras. Am Morgen grünt es und blüht, am Abend wird es geschnitten und welkt" (Ps. 90, 5f.).

Mehr noch: das Schicksal eines Menschen kann für den biblischen Beter nicht anders verstanden werden als unter dem Zorn Gottes stehend. Denn so sehr sich der Mensch auch müht, irgendwann schlägt die Keule des Todes erbarmungslos zu. Der Grund für dieses Urteil ist unbekannt. Weit über einen kafkaesken Prozess hinaus ist der Erdling nicht einmal angeklagt, so dass er zumindest den Versuch einer Verteidigung gegen einen unbekannten Vorwurf eingehen könnte. Von Anfang an ist das Urteil gefällt. Das lässt sich nur so verstehen, als ob ein Gott unendlich zürnte. Und um gleichzeitig die proklamierte Gerechtigkeit Gottes zu retten, wird auf Seiten des Menschen eine Sünde angenommen. Niemand weiß, worin sie besteht, doch angesichts des vernichtenden Urteils muss sie erschreckend groß sein. Diese Sünde muss so groß sein, dass selbst ein Gott, der soeben noch das Volk aus der Knechtschaft des Pharaos befreit hat, erbarmungslos zuschlägt. Die Keule des Todes zerschlägt dabei nicht die menschliche Existenz allein, sondern auch alles, was an Gutem gewirkt worden ist. Frustra – vergeblich ist alles Werken, denn nichts wird bleiben, weder die Erinnerung noch sonst eine Wirkung, und die ganze Erde mitsamt dem Kosmos wird einmal nicht mehr sein. Nichts hat wirklich Bestand.

Was kommt?, was bleibt?

Der Beter hat die Klage der Hoffnungslosigkeit elf Verse lang mit den Worten Mose vorgetragen. Mit den Worten eines Mannes, dem man tatsächlich nicht Gotteslosigkeit vorwerfen kann. Aber auch er hat an der Gottferne zu leiden. Heilung dieser unsäglichen Situation wird nun folgerichtig in der Zuwendung Gottes gesucht. „Herr, wende dich uns doch endlich zu! Hab Mitleid mit deinen Knechten" (Ps. 90, 13). Der Allmächtige wird daran erinnert, dass die Menschen doch seine Knechte sind. Ein guter Herr geht mit seinen Knechten nämlich immer schonend um, denn ansonsten würde er deren Arbeitskraft und schließlich den eigenen Reichtum zerstören. Dieses Bild der antiken Betriebswirtschaft wird Gott vor Augen gehalten, damit trotz der vermuteten Maßlosigkeit der Sünde der Eigennutz des Ewigen stärker sei als dessen Zorn. Daher ist es bestimmt kein Zufall, wenn im gesamten Psalter nur einmal – nämlich in diesem Gebet der höchsten Not – das Tetragramm verwendet wird, der Name Gottes, wie er dem Mose offenbart worden ist: Ich bin der, der für euch da ist. Der Gott aus dem brennenden Dornbusch wird an seine Bundestreue – und mehr noch – an seinen eigenen Namen erinnert, dem er doch nicht untreu werden kann, da er ansonsten nicht mehr Gott wäre.

Aus der Zuwendung Gottes wird das Heil erwartet. Zwei Drittel des Psalms bestehen nur aus der Klage der Menschen, deren Not übermächtig vorgestellt

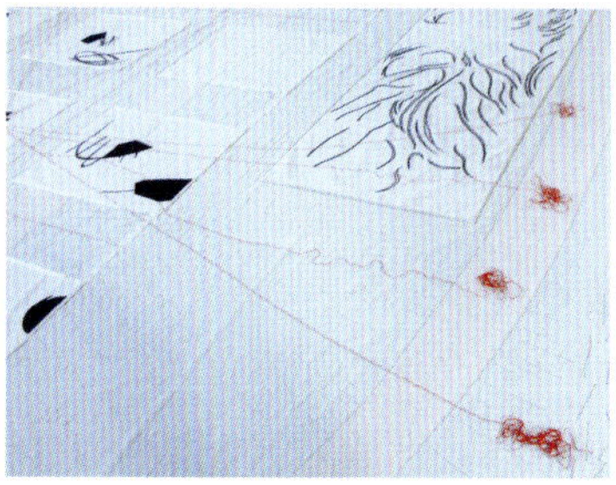
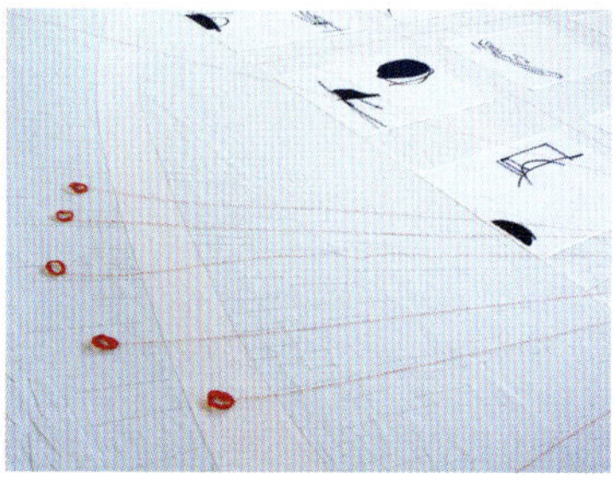
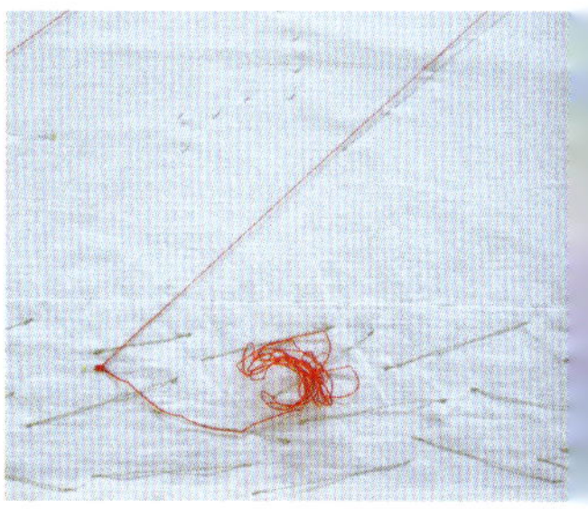

wird. Und dennoch würde es nur ganz wenig brauchen und das Unheil wäre beseitigt: „Sättige uns am Morgen mit deiner Huld! Dann wollen wir jubeln und uns freuen all unsre Tage" (Ps. 90, 14). Nach der langen Unglücksnacht und der perspektivenlosen Dunkelheit wird die aufgehende Sonne Gottes erwartet, die mit ihren sanften Strahlen wie die Liebkosung einer Mutter ist, die ihr Kind mit dem aufgeschlagenen Knie in den Arm nimmt und ihm zuflüstert: „Es ist schon wieder gut." Gleichzeitig wird damit das Bild eines hebräischen Festes wachgerufen, das bereits am Vorabend beginnt. Das Leben des Menschen in all seiner Freude und Schönheit wird damit als Nacht beschrieben, die keine Sonne erkennen lässt. Doch der Morgen kommt gewiss. Die Zukunft des Menschen ist der Gang aus der Nacht ins Licht. Und ebenso spricht der ersehnte Morgen die Erfahrung der Wüstenwanderung an, als Israel jeden Tag mit dem Manna aus der Hand Gottes genährt worden ist. Nun verlangt der Mensch aber mehr als die leibliche Speise, er sucht die Huld des Herrn, die nicht den Magen sondern das Herz sättigt.

Trost ist aber nie billig zu haben, er zeigt sich in Gestalt der verheißenen und gewährten Zukunft: „Zeig deinen Knechten deine Taten und ihren Kindern deine erhabene Macht" (Ps. 90, 16). Menschen können nämlich viel an Leid und Unglück ertragen, wenn sie nur die Sicherheit haben, dass es ihren Kindern einmal besser gehen wird. Doch ganz so selbstlos ist der Betende nun auch wieder nicht. Es genügt ihm nicht das Leben einer künftigen Generation, er möchte auch selbst die Huld Gottes erfahren. Er will, dass sein eigenes Leben und die Mühen nicht letztlich sinnlos sind. Selbst wenn alles vergeht, so möge etwas Bestand haben. „Lass das Werk unserer Hände gedeihen" (Ps. 90, 17), heißt es daher im abschließenden Vers. Denn der betende Mensch weiß nur zu gut, dass alles, was wir Menschen wirken und sind, dort von einem Gott vollendet werden muss. Diese Vollendung besteht nicht einfach in einer Fortführung eines unvollendeten Werkes, als vielmehr im Erheben des Zeitlichen in den Raum der Ewigkeit hinein. Das ist dann jener lang ersehnte Morgen, der die kakophonen Töne des Lebens neu ordnet und in Harmonie setzt. Dann kommt jener erste Sonnenstrahl, der wahren Lohn bringt und sich von dem bisschen Geld abhebt, das am Monatsende ausbezahlt wird – als ob ein wenig Geld die Einmaligkeit der unwiederbringlichen Lebenszeit aufwiegen könnte. Das ist dann jener Friede, der den irdischen Waffenstillstand bei weitem übersteigt, indem die erste Erfahrung eines Menschen aufgegriffen wird, der bereits im Leib der Mutter erfahren hat: alles um mich herum ist dafür da, damit es mir gut geht. So erwartet auch der Mensch an jenem Morgen einen Frieden, in dem die Existenz Gottes in der ewigen Sorge für das verwundete Herz aufgeht.

Das Psalmengebet Mose sieht das Leben in unüberbietbarer und geradezu grausamer Nüchternheit. Nur ein Mann Gottes aber kann es wagen, der Verheißung des Ewigen zu trauen, die ihm in deutungsbedürftigen Zeichen zugesagt wird, einer Sprache, die erst mühsam zu lernen ist. Keine Sprache aber klingt schöner und keine Zeichen sind treffender.

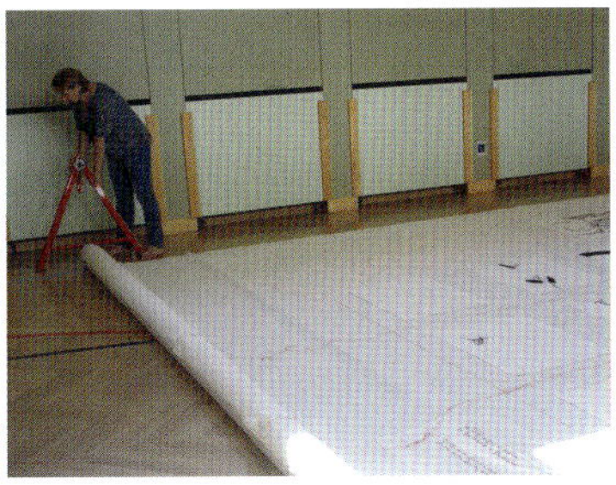

WERDINIG

Fastentuch 90. Psalm, 2012 – 2016, Leinen, Inlett, Seide, Metallfäden, 16,40 x 6,40 meter

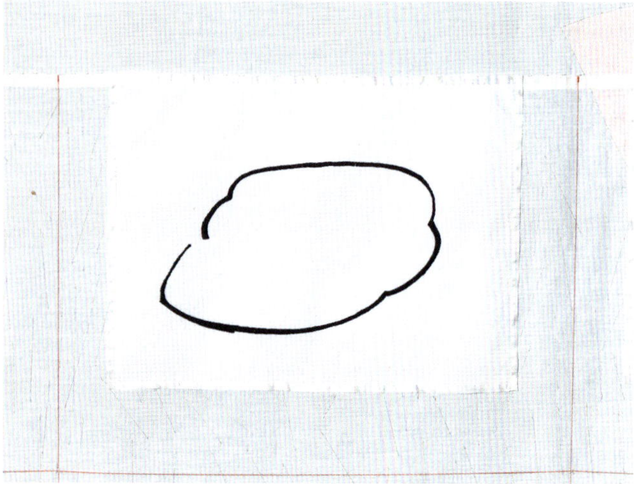

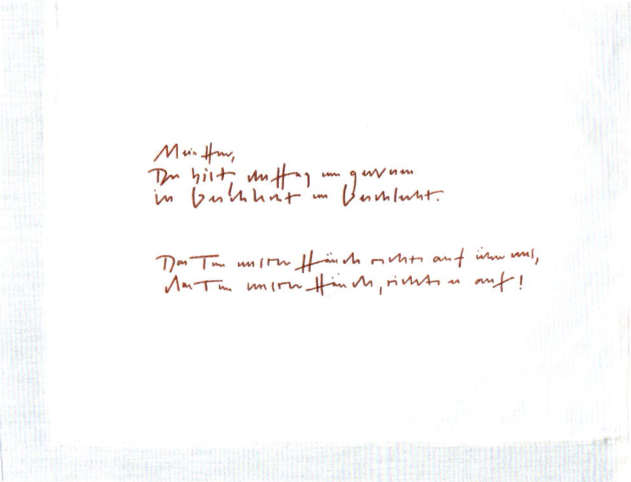

2013

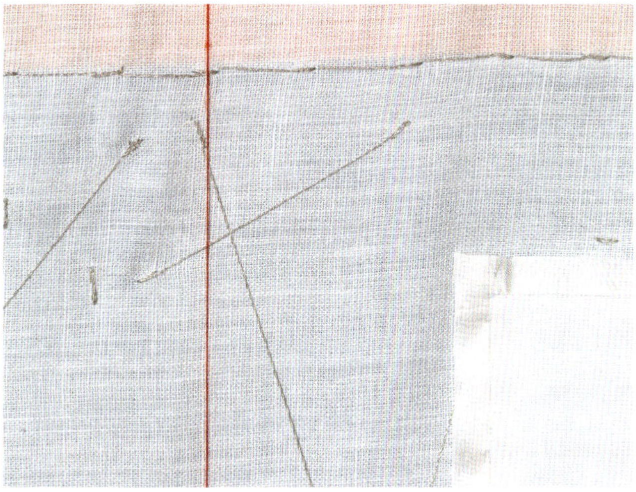

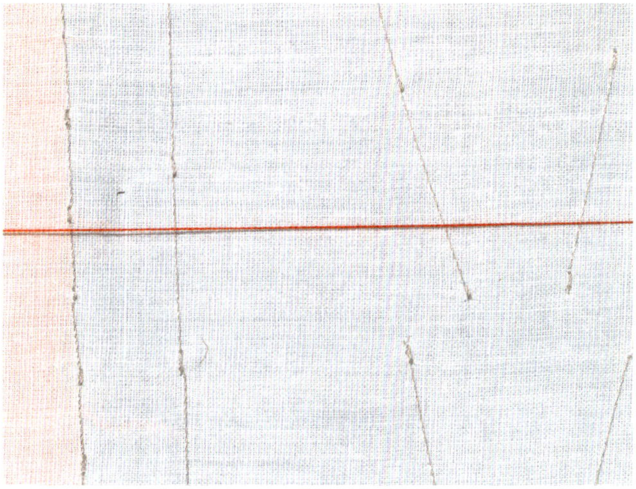

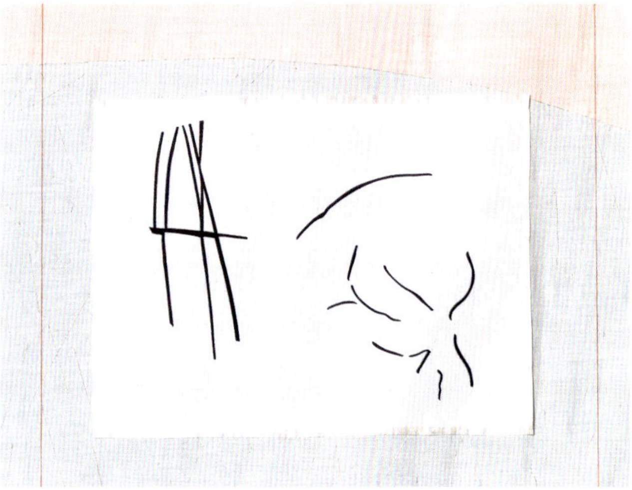

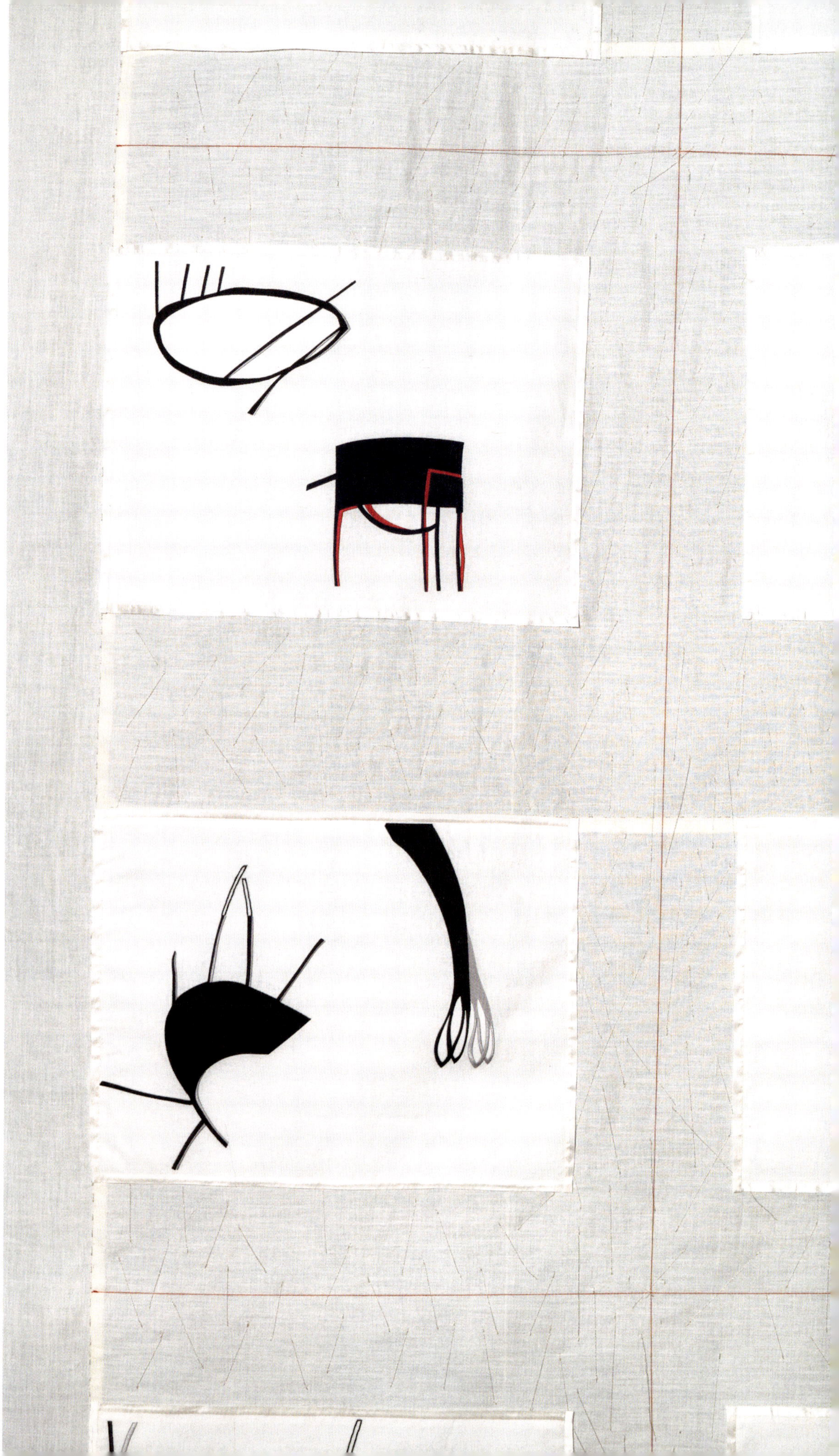

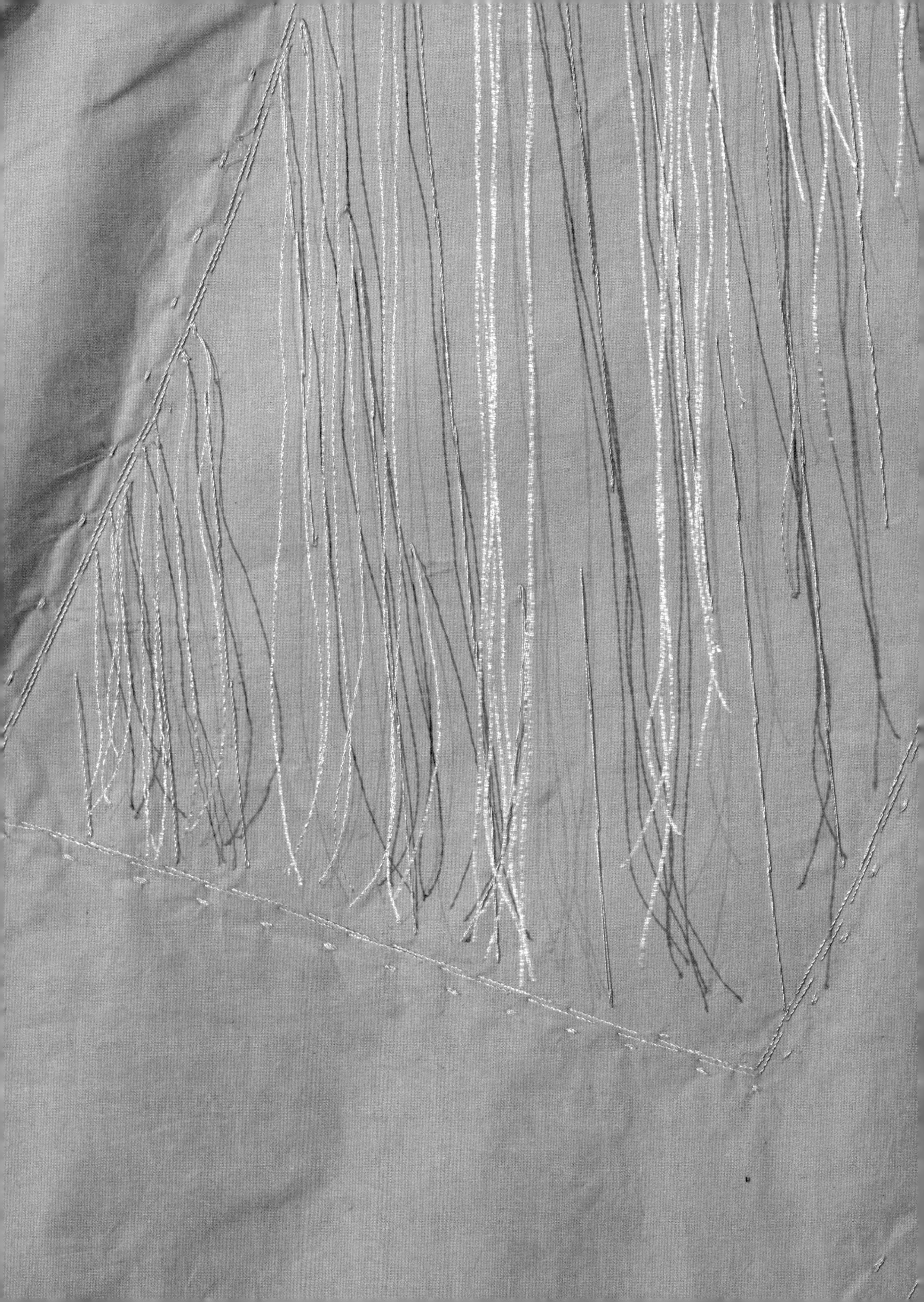

LISA HUBER
geb. 1959 in Villach
Lebt in Berlin, Wien und Villach

1979 – 81 Kunstgewerbeschule Graz, Malerei
1981 – 82 Bildhauerei bei Prof. Pillhofer, Graz
1982 – 88 Universität für angewandte Kunst, Wien, Malerei
1988 Diplom
1988 – 89 Meisterjahr bei Prof. Frohner
1990 – 91 DAAD Stipendium Kunsthochschule Berlin, Prof. Goltzsche
1992 – 93 Gaststudium Universität der Künste Berlin, Prof. Georg Baselitz
1996 Bauholding Kunstpreis (Sonderpreis)
1997 Cité des Arts Paris 6 Monate
1999 Österreichischer Graphikpreis des Landes Tirol (1. Preis)
Erwin Ringel Kunstpreis (1. Preis)
Förderpreis des Landes Kärnten
2002 Libyen Reise
2007 Indien Reise

AUSWAHL AUSSTELLUNGEN UND BETEILIGUNGEN SEIT 2001

2017 Totentanz, Romanische Klosterkirche Bursfelde / D
Das gefaltete Tuch, Diözesanmuseum Fresach / A
Galerie der Moderne Stift Klosterneuburg (Schatzkammer) / A (Be)
Kunst im Dom, Fastentuch 90. Psalm Dom zu Klagenfurt / A
Fastentuch, Romanische Klosterkirche Bursfelde / D
„SERIELLE KUNST zwischen Ordnung und Obsession" Stadtgalerie Klagenfurt / A (Be)

2016 Zum Fressen Gern, Kunstmuseum Admont Benediktinerstift / A (Be)
Das Künstler Buch, Villa Dessauer, Bamberg / D (Be)
Das Künstler Buch, Galerie Freihausgasse, Villach / A (Be)
Schmusetier, Galerie Miklautz, Gmünd / A (Be)
Verschunden, Fastentuch, Romanische Klosterkirche Bursfelde / D

2015 Eins vom Andern, Arbeiten aus 1996 – 2014, STRABAG KUNSTFORUM, Wien / A
Hommage au Métier de la Gravure, Künstlerhaus Klagenfurt / A (Be)
Schnitte, Kunstverein Worms / D
Singet dem Herrn ein neues Lied, Psalmtuch für die Schatzkammer des Stiftes Klosterneuburg / A
Entdecken durch Verhüllen, Fastentuch in der romanischen Klosterkirche Bursfelde / D

2014 Die KünstlerInnen von St. Martin, Galerie der Stadt Villach / A (Be)
THE TIGER RAG, Living Studio der Stadtgalerie Klagenfurt / A
Living Studio goes private – LISA HUBER, Galerie Wiegele, Völkermarkt / A
47. Intern. Bildhauersymposion Krastal / A (Be)

2013 Konfrontation VI, Galerie 3, Klagenfurt (mit Suzana Fatanariu und Gästen) / A (Be)
Hotel Obir, Ausstellungsprojekt Galerie Vorspann, Eisenkappel / A (Be)
Fastentuch, Gmünd / A
Totentanz, Martin Luther Kirche Linz, mit Tanz von Marina Koraiman / A

2012/13 Der Nackte Mann, Lentos Kunstmuseum Linz / A (Be)

2012 Papier 3D, Inselgalerie Berlin / D (Be)
Fastentuch, Stadtpfarrkirche Gmünd / A

2011 Kopf über, Museum Moderner Kunst Kärnten Burgkapelle (Tanz Marina Koraiman) / A
Landesausstellung Kärnten Glaubwürdig bleiben, 3 Chorfenster und Gestaltung der Apsis Fresach / A
CUT Scherenschnitte – 20 aktuelle Positionen, Museum Moderner Kunst Kärnten, Klagenfurt / A

2010 Tammen Galerie, Berlin / D (Be)
ReArt Galerie, Wolfsberg / A
Fastentuch, evangelische Kirche Arriach / A
CUT, Fondazione Christiane Kriester, Vendone / IT
Papierschnitt, Städtisches Museum Heilbronn / D (Be)
Tendenzen, Galerie in der Schmiede, Pasching / A (Be)
Schnitte, Haus Reihnsberg / D
Galerie Freihausgasse, Villach (mit Herbert Mehler) / A

2009/10 Kontur pur, Museum Bellerive, Zürich / CH (Be)
Stift Eberndorf, Kärnten / A
Stillleben, Tammen Galerie, Berlin / D (Be)
Fastentuch, Stadtpfarrkirche Gmünd / A
Die Schöpfung ist nicht vollendet, Kunstmuseum Admont Benediktinerstift / A (Be)

2008 Ansichtssache, Galerie Freihausgasse, Villach / A (Be)
Didi Sattmann und Freunde, Künstlerhaus Wien / A (Be)
Tammen Galerie, Berlin / D
Fastentuch, Stadtpfarrkirche Gmünd / A
Ritter Gallery, Klagenfurt / A

2007 YTI, Tammen Galerie, Berlin (mit Tanja Hemm) / D
Galerie Holzhauer, Hamburg / D

	Fastentuch, Stadtpfarrkirche Gmünd / A
	Exitus, Künstlerhaus Wien / A (Be)
2006	Wasser in der Kunst, Künstlerstadt Gmünd, Katalog
	Tammen Galerie, Berlin / D (Be)
	Künstlerhaus Wien Hausgalerie (mit Margret Kohler-Heiligsetzer) / A
	Stadtgalerie Osnabrück / D
	Galerie Holzhauer, Hamburg / D (Be)
2005	Xylon, Dokumentationszentrum St. Pölten / A (Be)
	Fastentuch, Schinkelkirche St. Johannis, Zittau / D
	Visionen, Schloss Wolfsberg / A (Be)
	Kunsthalle Rostock / D (Be)
	Art-Center Berlin, Friedrichstraße / D (Be)
	Kunstmuseum Admont Benediktinerstift / A (Be)
	Xylon – Neue Holzschnitte, Deutschland / Österreich / Schweiz (Be)
	Holzschnitte, Städtisches Kunstmuseum Spenthaus, Reutlingen / D (Be), Katalog
2004	Paula's Home, Frauen aus der Sammlung Lentos, Kunstmuseum Linz / A (Be)
	Granatapfel-Projekt, Galerie Bernd Kulterer, Wolfsberg / A (Be)
	Galerie Carinthia, Klagenfurt / A
	Holzschnitte, Kirche am Tempelhofer Feld, Berlin / D
2003	Superintendentur A.B. Kärnten / A
	Baumannsammlung, Kunstmuseum Lentos Linz / A (Be)
	Galerie Tammen&Busch, Berlin / D (Be)
	Historische Säulenhalle, Pfungstadt / D
	Stillleben, Galerie Tammen&Busch, Berlin / D (Be)
	Totentanz, Emmauskirche Kreuzberg, Berlin Deutscher Kirchentag
	Fastentuch, Christuskirche Darmstadt-Eberstadt / D
	Stadtgalerie Wolfsberg / A (Be)
2002	Galerie Amthof, Feldkirchen (mit Klaus Mertens) / A
	Gegenüberstellung Otto Eder, Seeboden / A (Be)
	Künstlerhaus Wien Salon 2002 / A (Be), Katalog
	Galerie Tammen&Busch, Berlin / D (Be)
	Sahara, Konrad Adenauer Stiftung / D (Be)
2001	Galerie Freihausgasse, Villach, Katalog / A (Be)

BETEILIGUNGEN AN KUNSTMESSEN MIT GALERIE CARINTHIA

1993	Art Cologne
1994	Art Frankfurt
1995	Art Cologne
1996	Kunst Wien
1997	Kunst Wien
1999	Kunst Wien, Kunst Innsbruck
	Kunstmesse Düsseldorf
2003	Art Frankfurt
2004	Kunst Wien

BETEILIGUNGEN AN KUNSTMESSEN MIT TAMMEN GALERIE

2005	Art Karlsruhe
2006	Berliner Salon
	Art Fair Köln (Galerie Holzhauer Hamburg)
2008	Art Karlsruhe
2009	Art Karlsruhe
2010	Art Karlsruhe
	Art Position (Be)

ET VERBUM CARO FACTUM EST

Katholische Kirche Kärnten
KATOLIŠKA CERKEV KOROŠKA

KUNST 2017
im dom.klagenfurt

Ganz besonderen herzlichen Dank an:

Diözesanbischof Dr. Alois Schwarz
Bischofsvikar Kons. Rat Dr. Peter Allmaier, MBA
Mag. Franz Lamprecht, Bischofsfinanzkammer

ISBN 978-3-85415-554-6

Herstellung: Ritter Verlag

Besonderen herzlichen Dank an:

meinen Mentor U. F.

Josef Huber, Dir. der landwirtschaftlichen Fachschule Litzlhof

meinen Helfern bei der Näharbeit:

Helmi Bacher, Elisabeth Cabek, Doris Engl, Maria Fedorow, Reinhilde Hört, Christine Isepp, Ulrike Jäger, Gabi Klingspiegel, Christina Klingspiegel, Jennifer Klingspiegel, Martha Kircher, Nadja Brugger-Isopp, Elfriede Maier, Brigitte Michentaler, Frieda Mulac, Angelika Pfeifer, Elisabeth Pulay, Cilli Regouz, Gisela Schlaminger, Dietlinde Stromberger, Veronika Wunsch, Christine Pillger, Hannelore Rieder

Kärntner Stickdienst Villach:

Valerie Metodieva, Edeltraud Willhelmer

Aufrollen des Tuches:

Elisabeth Faller, Veronika Feichter und Söhne, Marianne Granig, Rosemarie Sereinig-Huber, Cäcillia Huber, Christel Huber, Liesbeth Kofler, Mathilde Straus, Danguole Barkauskine

Auf- und Abbauarbeiten, Transport und Hängetechnik:

meinen lieben Freunden Sepp Fischer, Brigitte Pecile, Clemens Unterweger

Dachdeckerei: Franz Werdinig, Feldkirchen

Elektrik: Otto Hoffmann, Feldkirchen

Metallbau: Josef Lassnig, Kleblach / Lind

Lichttechnik: Pertl Kummer, Klagenfurt

Tischlerei: Josef Vogl, Globasnitz

an meinen Assistenten:

Gottfried Übele und an alle meine Gehilfen und Freunde, die mir immer zur Seite standen.

Dank bei den Autoren:

Dr. Alois Schwarz, Diözesanbischof

Christine Wetzlinger-Grundnig, Dir. MMKK

Dr. Peter Allmaier, Dompfarrer zu Klagenfurt

Fotos:

Bernd Borchardt, Berlin: Cover, 4, 14, 22, 30 – 50

Mark Duran: S. 53, 55

Lisa Huber: 2/3, 6 – 13, 16 – 17, 21, 24 – 29

Didi Sattmann: 52

Gottfried Übele: S. 18 – 19

Lektorat:

Georg Mitsche

Grafik / Druckvorstufe:

Mark Duran